# 찾았다, 내 편

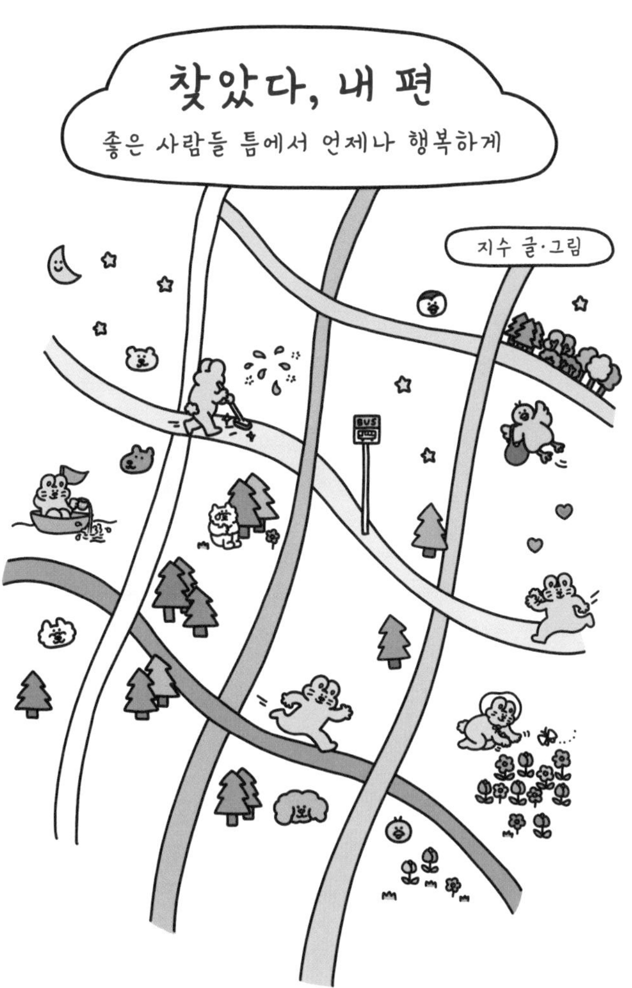


유영

# 시작하며

'인간관계에 자신 없는 사람이 인간관계에 대한 책을 써도 되는 걸까?' 초면인 편집자님이 건넨 이 책의 기획안을 읽어보고 바로 수락하지 못한 이유였어요. 제가 그르친 인간관계들이 떠올랐거든요. 후회와 고민의 무수한 밤들도요. 자신 없는 주제로 책 한 권을 만들어낸다는 건 아무래도 부담스러운 일이잖아요.

그럼에도 첫 미팅 자리에서부터 함께 작업하는 쪽으로 내심 마음이 기울었다는 걸 부정할 수는 없어요. 이 작업을 수락하거나 거절하는 것 또한 저에게는 일종의 인간관계 문제였기 때문이에요. 원체 제안을 잘 거절하지 못하는 제 앞에 하필 첫눈에 호감형 인간인 편집자님이 나타나고 말았죠. 간단히 대화만 나눌 줄 알고 나간 자리에 이미 많은 수고가 들어간 기획안을 들고 나오신 건 덤이고요. 그때부터 이 책은 언젠가 나올 수밖에 없는 운명이었어요.

계약 전부터 걱정하던 부분들은 아니나 다를까 '역시 나'로 돌아왔어요. 작업하는 동안 자주 벽을 만났어요. 인간관계에 대해서는 한 글자도 자신 있게 쓸 수 없어서 작업 파일만 만들어둔 채 몇 달간 손 놓고 있기도 했죠. 주제 하나를 놓고 많이 고민해본 사람만이 책 한 권을 만들 수 있는 것 아니겠냐고 스스로를 다독이며 다시 마음을 잡고 컴퓨터 앞에 앉았어요. 그런 탈주와 복귀를 반복하며 책을 썼어요.

인간관계에 누구보다 많이 감동하지만, 좋은 관계를 척척 만들어내는 인맥왕과는 거리가 먼 사람. 행복한 밤보다는 고민과 눈물의 밤이 더 많은 사람. 아는 사람이 많은 결혼식장에 가야 하는 날이면 아침부터 숨이 가쁘고 심장이 두근거리는 사람. 그런 사람이 고민과 실행의 과정에서 쓴 일기 정도로 읽어주시기를 바랍니다.

차례

# 1장 복잡하게 살지 않을래

## 2장 끼리끼리 사이언스!

## 3장 관계에서도 토낄 때가 필요해

## 4장 결국 나를 살게 하는 건 내 사람들

프롤로그

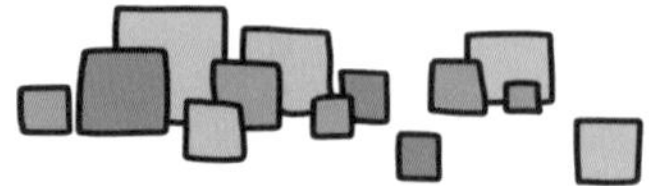

크고 작은 성공 경험들이 쌓이면

그 일을 잘 해낼 수 있다는
자기 효능감이 생긴다고 하죠?

저는 그럭저럭 잘 해온 것 같아요.

수백 번 넘어졌을지언정
아무튼 걷고 뛰었고

사회에서 만든 관문들도
그때그때 잘 넘어왔어요.

사회구성원으로서 1인분 몫을
대체로 잘할 수 있을 것 같아요.

둘도 없이 아끼던 사람들도

씁쓸함만 남긴 채 떠나가기도 하고

어떤 얼굴은 떠올리는 것만으로도 괴로워요.

나랑 안 맞는 사람

- 섬세하지 못해서 상처 주는 사람
- 거칠게 말하는 사람
- 겸손함이 없는 사람

⋮

성공 경험보다는 오답노트만 늘어가고

인간관계는 날이 갈수록 어려워져요.

그런 나도
잘 해낼수 있을까요?

1장 복잡하게 살지 않을래
나는 왜 혼자 있는 걸 외로워하면서도 혼자 있고 싶어 할까?

나도 나를
잘 몰라…!

혼자보다 낫긴 하지만

친하다고 꼽을 수 있는 사람
두어 명은 늘 있었고

대체로 사람들 사이에 있었어요.

어쩌면 외톨이인 것 그 자체보다도

외톨이처럼 보이는 걸 더 피하고 싶었어요.

그래서 먼저 다가가기도 하고

무리에 어울려서 지내고

어색하지 않은 척 웃었어요.
모르는 대화 주제도 아는 척했죠.

가끔은 아무도 모르게
증발해버리고 싶다고 생각했어요.

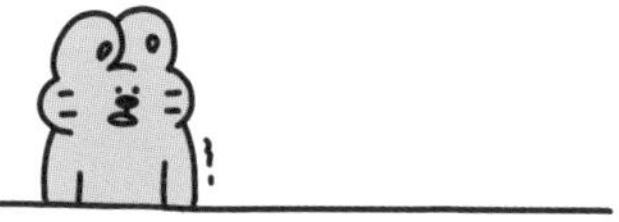

그래도 혼자 있는 것보단 차라리 나았어요.

그래서 어쩔 수가 없었어요.
계속 버티는 수밖에.

잊지 말아요.

어떤 인간관계든
나의 평안과 행복이 우선이에요.

혼자 남겨지면 낙오될 것 같은 공포 탓에
여유가 하나도 없었어요.

그렇지만 그런 관계가 진짜일 리는
없다고 생각했어요.

나를 그토록 불편하게 하는 그 사람이
진짜 '친구'라면 너무 슬프잖아요.

진짜는 다르리라 믿었어요.

기쁨도 슬픔도 모두 함께할 수 있고,

꾸며내지 않은 제 모습도
따뜻하게 인정해주는 그런 '진짜' 요.

하지만 제가 맺은 인간관계가
전부 다 진짜는 아니었던 거죠.

앞에서는 웃는데
속으로는 그게 아닐 때도 있으니까요.

하나도 잘못된 게
아니에요.
지~~
잉~
모든 사람을 마음속 깊이
좋아하기만 해야 한다고,
그래야만 좋은 사람이
될 수 있다고
난 나빠
...
별로인가 봐...
그렇게 스스로를
닦달하지 마세요.

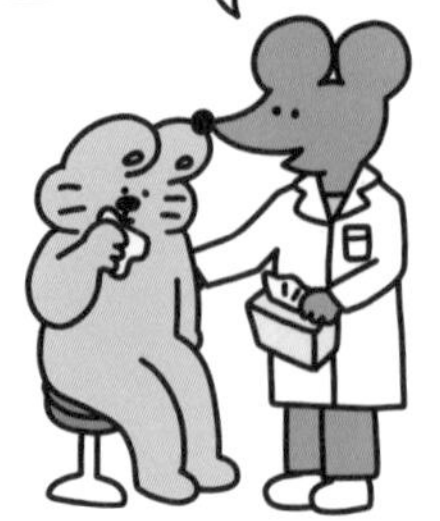
누군가를 좋아하는 것만큼이나

싫고 불편한 감정이 드는 것도
자연스러운 일이니까요.
훌
쩍

# 갈 사람, 올 사람, 남을 사람

당신이 아무리 노력해도

또 어떤 사람과는
꾸역꾸역 지내면서

오래도록 서로에게
상처를 줄지도 몰라요.

그리고 또
어떤 사람은

그 시간 동안 내내 한결같이
그 자리에 있을 거예요.

그 사람과
잘 먹고 잘 살면

그게 좋은 인생
아니겠어요?

# 특별한 친구 하나, 열 지인 안 부럽다

친구가 너무 없으면 물론 외롭겠지만

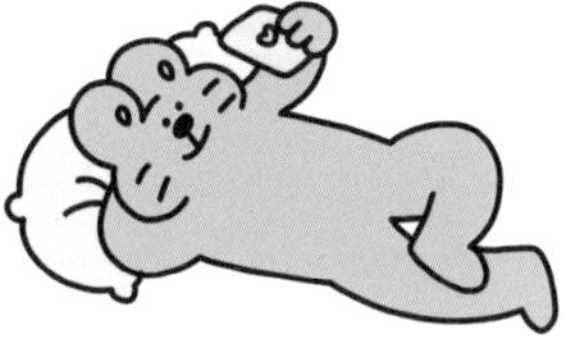

제 행복을 위해서 필요한 친구는

그렇게 많지 않은 것 같아요.

세상에는 두루두루 잘 지내는
두루미도 있지만,

때로 두루미가 부럽기도 하지만

저는 역시 두루미가 아니에요.

소수와 깊은 관계를 맺는 게 좋아요.

그런 만남은 편해요.

그 순간만큼은 저의 소박한 인간관계도

더 없이
충분하다고 느껴요.

그걸 아는 것만으로도
인간관계에서 가지는 마음의 짐
절반은 덜 수 있을거예요.

아니, 근데요 선생님.
인간은 사회적 동물이라면서요.

아리스토텔레스였나?
아무튼 똑똑한 사람이 그랬잖아요.

누구든 혼자
살아갈 순 없겠죠.
그야
그렇죠.

사회적 관계를 통해서만
채워지는 마음의 방도 있어요.
휘이잉 -

하지만 각자에게 필요한 '사회'가
모두 같은 크기는 아니랍니다.

내가 감당하기 좋은
'사회'의 크기가 작으면 작은 대로,

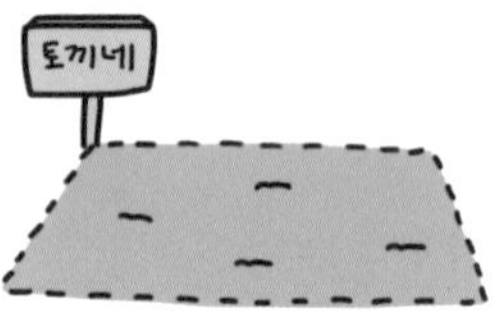


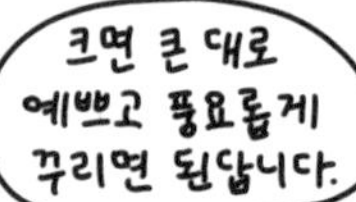

감당할 수 있는 만큼의
인간관계만 허용하세요.

나는 나의 모양대로
토끼네

그렇게 살아가면 된다!
토끼네
토닥
토닥

토끼네

예민한 게 아니라 섬세한 겁니다

아마 남들보다 쉽게
비상등이 켜질 거고요.
난 그런 사람들
이해가 안 가더라!
앗...
삐이이-

하지만 섬세한 센서를
장착한 덕분에

더 다채로운 감정을
쉽게 느끼기도 하잖아요.
어?

맞아요, 맞아요!
작은 것에도 감동하고
기뻐하고 그래요!
그렇죠?
단점만은 아니라니까요!
아무튼 내가 할 수 있는 걸
넘어서서 하려면
벅찰 수밖에 없어요.

자꾸 켜지는 비상등을
무시하는 게 어떻게 쉽겠어요.

그러다 보면 어떤 건
점점 무뎌지고

어떤 부분에서는
점점 능숙해질 수도 있겠죠.
이제 누구도
찌르지 않아!

하지만 안 그러면
또 어때요.

이대로도 괜찮아요.
뭐 어때요?

좋든 싫든 어딜 가나 사람들을 만나잖아요.

그 사람들과 친구가 되지 않는다 해도
깊든 얕든 관계를 맺게 돼요.

저는 그런 것도 편치 않아요.

'내가 사람들 눈에 어떻게 보이는지'가
여전히 중요한가 봐요.

저한테 중요한 사람이 아닐지라도요.

그래서 계속 사람들 눈치를 살펴요.

언제나 좋은 모습만 보이고 싶은
강박이 있을 수도 있고요.

그렇게 마음을 비우면 좋겠지만
되지 않는걸 억지로 할 수는 없잖아요.

조바심낼건
없어요.
차근차근!

# 언제나 내 편인 사람들

모두가 당신을
평가하는 것 같고

어쩌다 실수라도 하는 날엔
세상이 무너져 내리는 것 같겠죠.

난 이제 끝이야...

하지만 커다란 세상에 비해
우리는 작고 미미할 뿐이에요.

쪼르르

당신에게 관심 있는 소수의 사람들은
당신을 관대한 눈으로 지켜본답니다.
그리고 사람은 누구나 실수한다는 걸
우리 모두 알고 있어요.
잘 하고 있어.
그럴 수도
있지!
별일 아냐.
괜찮아.
걱정마.

마음 편히 먹고
좀 더 거침없이 살까 봐!

찬성!
게다가 훗날 서로의 실수를
웃으며 추억할 견고한 내 편도 있잖아요!

그런데 얘기를 나누다보니까

내가 어떤 사람인지 그것부터 잘 알아야
인간관계의 여러 문제도 해결되리란
생각이 들어요.

나는 어떤 사람일까.

어떤 부분에서 예민해지고
또 어떤 부분에서 관대해질까.

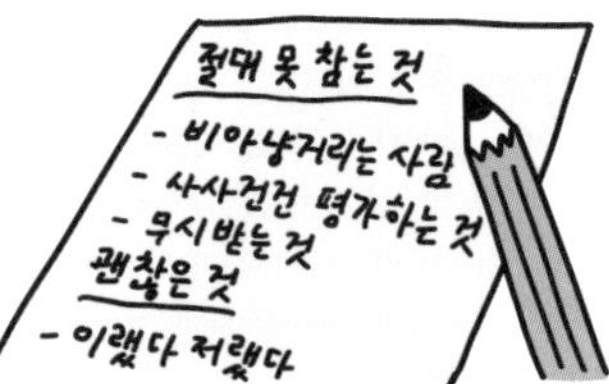


그래서 어떤 사람 앞에서 편안하고
또 어떤 사람과는 어긋날까.

그런 것들을 고민해보세요.

하나하나 답을 찾아가는 과정에서
마음에도 근육이 붙을 거예요.
누구의 잘못이나
문제가 아닌지도
몰라!

같은 일에도 덜 흔들리고,
덜 아프고, 덜 힘든 날이
틀림없이 올 거예요.
그래!
괜찮아!

정말이죠?
그럼요.

내가 나를
잘 알아준다면요.

# 내가 나를 더 좋아하는 관계

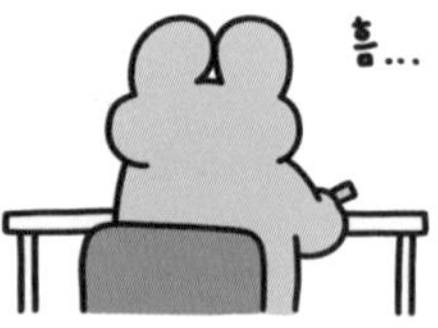


그런데 스스로 돌아보다보면

자꾸 부족한 부분만 보여요.

내가 더 재미있는 사람이었다면,

여유 있는 사람이었다면,

더 쿨한 사람이었다면,

관계가 달라졌을 수도 있잖아요.

아무렇지 않았을 수도 있잖아요.

내가 미워지는 관계는
다시 생각해보세요.

내가 문제였나 봐...

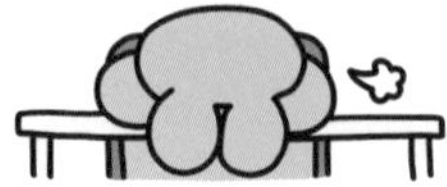

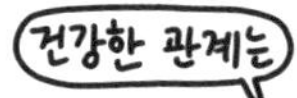
건강한 관계는

내가 나를 더
좋아하게 만들 거든요.

내가
나를...?

## 다
## 나 같지는 않으니까

어느 누구에게도 쉽지는 않지만 어떤 사람들은 더 힘들어하는 주제가 있다. 인간관계가 그중 하나다. 인간관계는 모두의 평생 숙제이며, 누구나 제각각의 크기로 고민을 안고 살아간다. 특히 타인이 보내는 신호에 섬세하게 반응하는 사람일수록, 외부의 자극을 내부에서 건강한 방법으로 해소하지 못하는 사람일수록 마음고생할 일이 많다.

내가 작은 자극도 예민하게 받아들이고, 심지어 상대가 보낸 적 없는 신호까지도 오해하여 감지해내는 센서를 가졌다는 걸 인지하게 된 건 얼마 되지 않았다. 소음과 정보와 자극이 이토록 많은 세상에서 다른 사람들도 다 나와 마찬가지로 힘들 텐데, 어째서 아무렇지 않아 보일 수 있는지 의아했다. 인간관계에서 센서가 울리면 나는 그 상황에 매몰되어 상대방을 욕하거나 스스로를 탓했다. 관계에서 경고음이 들렸으니, 둘 중 하나는 틀렸다고 생각했기 때문이다.

뜻밖의 도움이 된 도구가 있었으니, 요즘 유행하는 MBTI 성격 유형 검사다. MBTI 성격 유형 검사는 네 가지 지표(외향-내향, 감각-직관, 사고-감정, 판단-인식)를 조합해 16가지 성격 유형으로 사람들을 설명한다. 16가지 성격 유형 설명을 읽으면서 누군가의 호의가 다른 이에게는 적대로 느껴질 수 있을 정도로 사람들의 성향이 다르다는 걸 알게 되었다. 모두 다 나처럼 내향적이지 않다. 어떤 사람은 낯선 사람과의 만남을 즐긴다. 타인의 충고는 내 생각만큼 건조하거나 차갑지 않다. 누군가의 잔소리에는 비난이나 무시가 아닌 사랑이 담겨 있기도 하다. 내가 받아들이는 신호가 그 사람의 의도와 많이 다를 수 있다.

경고음은 여전히 자주 들린다. 즉각적인 감정 반응은 어쩔 수 없다. 하지만 그 상황에 매몰되기 전에 한 단계 필터를 거칠 수 있게 되었는데, 내가 마주한 사람이 나와 성향도 사고 회로도 아주 다를 수 있다는 걸 떠올린다. 어쩌면 내가 느낀 날 선 언어가 그 사람에게는 아무 감정이 실리지 않은 언어일 수도 있다는 가정을 해본다. 상처받거나 기분 상할 이유가 전혀 없었을지도 모른다. 늦은 밤 침대에 누워 그날의 껄끄러웠던 장면들을 떠올리며 숨은 뜻과 감정을 찾기 전에, 그만큼 뼈 있는 말이 아니었을 수 있다는 생각을 한다.

사람들이 다 나처럼 감정 자극에 예민하지는 않다. 그렇게 나와 타인을 이해하려 하면 다른 사람의 의도에 대해 신경 쓰고 고민할 일이 줄어든다. 무심코 상처받았다가도 다시 한번 생각하면 그냥 넘어가도 괜찮은 일이 된다. 물론 경고음을 자주 발동하게 하는 사람을 무한히 이해해주며 곁에 두고 잘 지낼 생각은 없다. 그럼에도 너무 많은 자극이 주는 고통을 스스로 회복하는 방법은 인간관계에 있어 꼭 필요한 탈출구다.

# 2장 끼리끼리 사이언스!

?!?

!?!

어쩌면 내가 맺은 인연들이 답이 되어 줄 수도 있겠다.

완벽한 사람도, 완벽한 짝도 없어

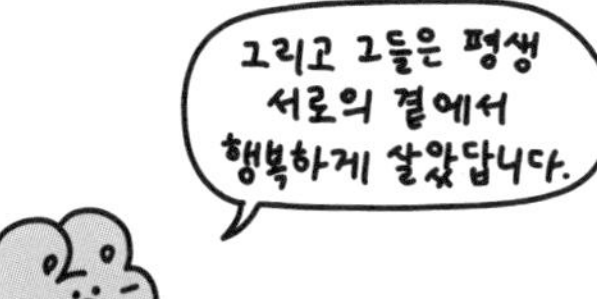
그리고 그들은 평생
서로의 곁에서
행복하게 살았답니다.

동화 속 인간관계는
이토록 아름답다니...

그쵸...

하지만 현실은 다르죠.

세상에 완벽한 사람은 없듯이

완벽한 짝도 없어요.

나도 불완전한데
또 다른 불완전한 사람과...?

완벽한 인간관계를
기대하기보다는

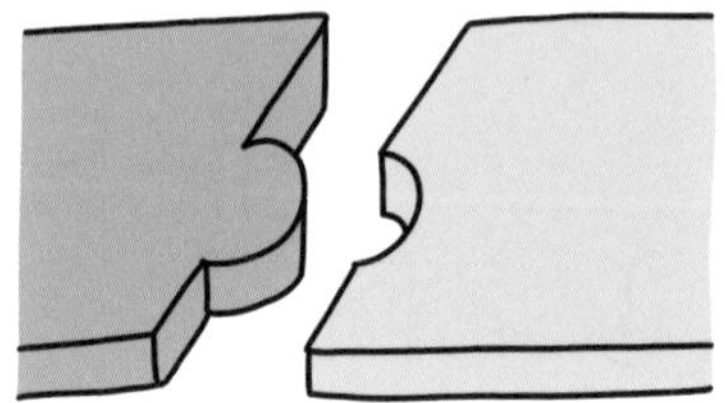

그때 그때 편한 만큼,
좋은 만큼 주세요.

적당한 거리를
유지하는 걸 잊지 말고요.

흠...
하트가
돌아오진 않네...

조금 서운하지만...

적당한 거리는

좋은 관계를 한층
소중하게 만들어줄 거고

잘 맞지 않는 사람과도

그럭저럭 잘 지낼 수 있게 해줄 거예요.

# 내 행복을 진정 바라는 사람들 떠올리기

사람 때문에 힘들 때는

'내 행복을 진정으로 바라는 사람들'을 떠올려보세요.

그 얼굴들은

나를 존중하지 않는 사람
곁에 머물지 않을 용기,
!
탈
탈
그리고 당당히 일어나
다른 곳으로 움직일 힘을 줄 거예요.
떠오르나요?

# 작고 소박한 인간관계면 어때

작고 소박한 인간관계에

자신 없어지는 순간이 찾아와요.

내가 사람들에게
어떤 사람일지 걱정되고 불안하죠.

그럴 때 '안심해'라고 말하듯

먼저 손 내밀어주는 사람들이 있어요.

덕분에 용기가 나요.

# 관계는 비워지기도 채워지기도 해

매일 가까이 지내던 사람과

별다른 사건 없이 멀어지기도 하고,

그간 나누었던 시간이 무색할 만큼

더는 서로가 무슨 생각을 하는지
알 수 없게 되기도 해요.

굳이 이유를 들자면 들 수는 있지만,

완전히 설명이 되는지는 모르겠어요.

# 내가 진짜 챙겨야 하는 사람

미움받는 게 무서웠어요.

저를 좋아하는 세 명보다는
싫어하는 한 명이 신경 쓰였어요.

일부러 더 다가가고,

손을 내밀었어요.

마음을 돌려놓고 나서야

제 마음이 놓였어요.

애써 마음을 샀던
그때 그 사람들은
지금 곁에 남아 있나요?

엇... 아뇨.

내가 공을 들여야 하는 건
날 싫어하는 사람이 아니었어!
그래!

뭐해?
생각나서 연락했어!
BUS

# 굳이 설명이 필요 없는 사이

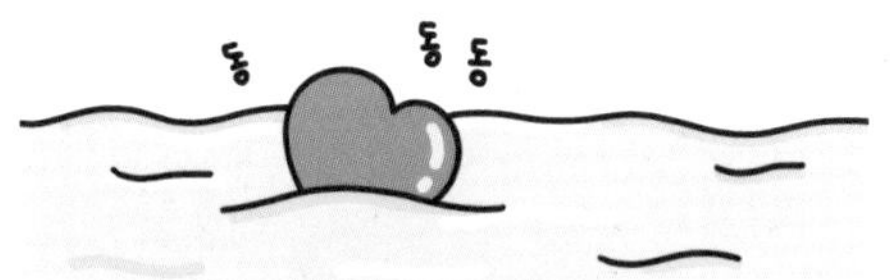


그런데 많이 노력하지 않아도
잘 흘러가는 관계가 있어요.

비슷한 지점에서 웃고 울고 화를 내요.

감정은 마음대로
할 수 있는 게 아닌데,

서로 다른 사람이 같은 일에 같은 감정을
느끼는 건 무척 아름다운 순간이겠죠.

# 우리가 잘 맞는 이유

인간관계를 대하는 태도도 중요해요.

너무 다가오면 힘들고, 너무 멀면 서운한데

가볍게 대화만 나눠도

서로 비슷한 모양의 에너지를 갖고 있다는 게
느껴져요.

각자의 에너지가 상대를 찌르지 않고,
오히려 보듬어 줘요.

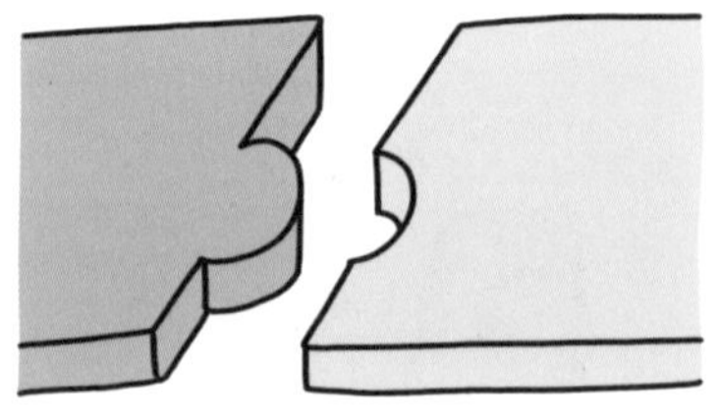

완벽한 짝은 없을지 몰라도

꽤 잘 맞는 조합은 존재한다는
확신이 들어요.

어떻게 그런 건 없다고 하겠어요.

이렇게 분명한데!

# 여전히 닮은 구석이 있는 우리

응! 오늘 보는거 맞지?

근데 진짜 오랜만이다!

학창 시절 친구를
몇 년 만에 만나기로 했어요.

서로 닮았다며 기뻐하던 단짝이었어요.

닮게 나온 사진을
배경화면으로 해두고,

똑같은 필통을 나누어 가지기도 했어요.

저의 한 시기가 이 친구 없이는
충분히 설명이 되지 않아요.

수년이 지난 지금, 그때와 같을 순 없더라도
그 사실에는 변함이 없을 거예요.

이제는 성인이 되었고, 수년이 지났으니
우리가 서로 달라졌을 수도 있다고 생각했죠.

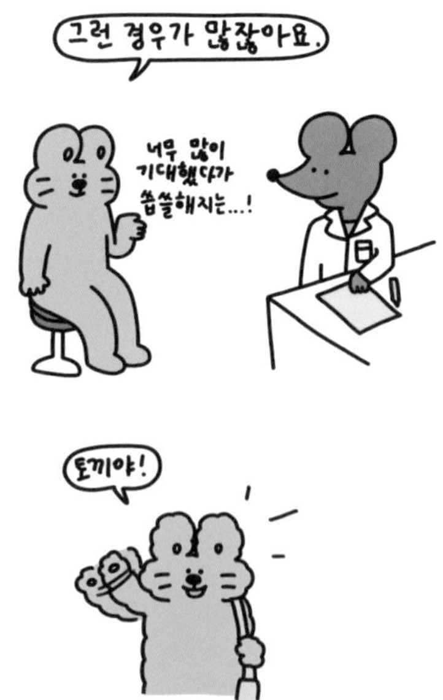


그런데

많이 달라지지 않았더라고요.

우리는 여전히 서로에게서
닮은 구석을 쉽게 찾았고,

여전히 이 말에 기분이 좋았어요.

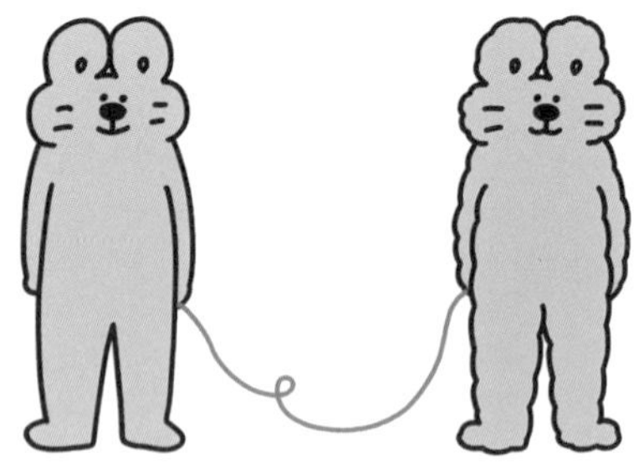

어떤 사람과는 시간이 지나도 끊어지지 않는,

시간이 지났기에 더 소중해지는
무언가가 있나 봐요.

같은 학교나 직장을 다니지 않아도,

같은 일을 하지 않아도,

각자의 화두가 달라지더라도

사람과 사람 사이를
묶어주는 건 대체 뭘까?

저는 이 말이 좋으면서도

조금 겁이 나기도 해요.

더 좋은 사람이 되어야겠다고 마음먹어요.

이미 그들에게
좋은 사람일 거예요.

'끼리끼리'니까요.

# 내 옆의 '끼리'들

끼리끼리는 과학이라고 한다. 특히 서른이 넘어서는 자기 주변 사람이 어떤지에 대해 변명하면 안 된다는 것을 어디선가 읽었다. 그전까지는 자신을 알아가고, 나와 맞는 사람들을 찾아가도록 일종의 유예기간을 주는 것이리라. 이런저런 친구들을 만나봐야 누구와 잘 맞는지도 알 수 있을 테니 말이다. 게다가 학생일 때는 단지 필요해서 친구를 사귀기도 한다. 쉬는 시간에 혼자 있기 외로우니까, 밥 같이 먹을 친구 한 명 정도는 있어야 하니까. 졸업하고 조금만 지나도 안 보게 될 친구까지 책임지라는 건 너무 가혹하다.

내게 주어진 '끼리끼리 유예기간'은 이제 막 끝났다. 지난 몇 년간 인간관계로 그토록 치열한 감정 소모를 한 것은 어쩌면 시기상 당연한 일이었는지도 모르겠다. 몇 명을 정리했고(아니면 정리당했고), 또 몇몇과는 더욱 돈독해졌다. 오랫동안 연락 없이 지내던 친구와 서로의 진심을 확인하며 예전의 관계를 뜨겁게 회복하기도 했다. 좋든 싫든 함께 시간을 보내던 사람과 멀어지는 건 한편으로는 후련했지만, 대체로 마음이 아팠고 진한 미련이 남기도 했다.

이 유예기간을 꽤 격정적으로 보내면서 깨달은 것은, 누군가를 위로해주는 것보다 그의 행복을 진심으로 빌어주는 것이 더 힘들다는 것이다. 아무리 두툼하게 포장하려 한들 말과 표정에 섞인 가시는 드러나기 마련이다. 이번에 드러나지 않아도 다음에는 드러난다. 나는 나를 향한 가시를 피했고, 내 마음에 못된 가시를 돋게 만드는 사람들 역시 피했다. 물론 순도 100퍼센트라는 건 없다. 누구를 향한 감정이든 그 면면이 참 미묘하다. 하지만 피해야 할 사람이 누구인지는 생각보다 자명하다. 마음속 가시는 언젠가 상대를 아프게 만들고, 언제나 나를 힘들게 하기 때문이다.

치열한 과정 끝에 여전히 내 옆에 남은 사람들이 있다.

그 사람들을 하나하나 떠올리자면, '내가 그 친구들과 감히 묶일 자격이 있을까' 싶은 부끄러운 마음과 고마움만 가득하다. 적어도 내가 그들에게 누가 되지는 않았으면 해서, 나도 그들만큼 멋진 사람이 되려고 한다.

# 3장 관계에서도 토낄 때가 필요해

후다닥!

복잡한 인간관계도 마음도 때로는 정리가 필요하다. 그래야 여유 공간이 생기니까!

그래도 막상 사회적 상황에 놓이면

상대방이 저한테 호감이 있다는 걸,

최소한 싫어하지는 않다는 걸
꼭 확인하고 싶더라고요.

그렇지 못한 것 같으면 자꾸만 불안해져서,

어떻게든 호감을 사려고 애써요.

중요한 사람인가 보죠?
아뇨, 그런 건 아니었어요.
'상대가 나를 좋아하는지'가 너무 큰 문제라서...

...
정작 '내가 상대를 얼마나 좋아하는지'는 후순위로 밀렸어요.

그 친구들, 내 취향 아니긴 했어...

부풀리고 꾸미고, '그런 척'
애써야 유지될 관계는

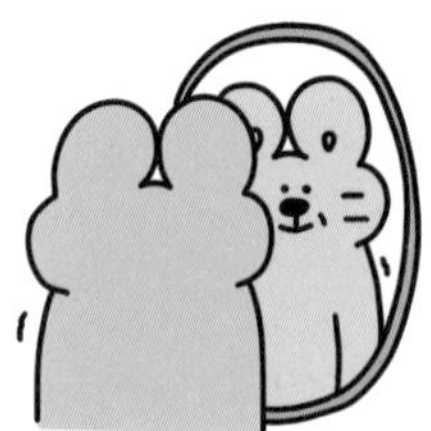

어차피 맞는 옷이 아니에요.

나만 참으면 괜찮은 게 어딨어

잘 맞지 않더라도
그때그때 참으면 괜찮을 줄 알았어요.

우리는 함께 오래 시간을 보냈고

대체로 유쾌하고 즐거웠거든요.

가끔 어? 하는 순간이 있긴 했지만

아주 가끔이었으니까.

사람과 사람이 가까워지면
가끔은 그럴 수도...

그건 잘 모르겠지만
그 사람이 나쁜 사람은 아니었어요.

대체로 사소했지만 가끔은 컸고,

돌이킬 수 없을 만큼 쌓였어요.

참아서 괜찮은 관계는 없어요.
참으면서 이미
나는 안 괜찮거든요.

어느새 제가 그 친구를 피하고 있었어요.

해야 될 얘기도, 묻고 싶은 질문도 많았는데

그때는 차마 입을 못 뗐어요.

어차피 사람 안 변한다고 생각했고,

껄끄러운 얘기는 굳이 하고 싶지 않았어요.

그리고 무엇보다도, 무서웠거든요.

카톡
카톡
카톡
카톡
카톡
카톡

# 내 상처는 생각하지 않는 사람

비로소 얘기할 수 있게 됐을 때는
이미 끝나 있었어요.

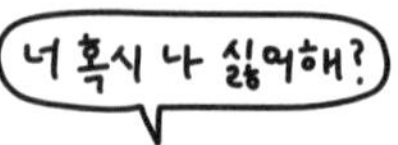

우리는 서로를 싫어하지 않았지만,
그런 게 더는 중요하지 않았어요.

아무런 상관이 없어지고 나서야
말을 꺼낼 용기가 났거든요.

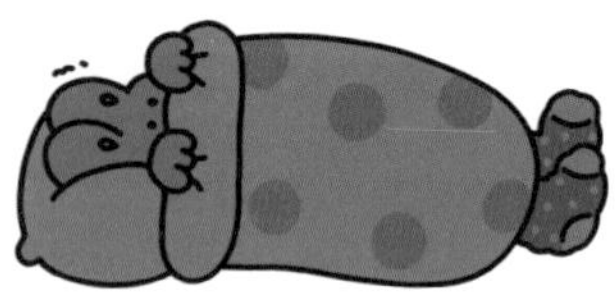

혼자 너무 많이 생각했던 일이었거든요.

'괜찮다'며 참는 거 그만 두었어요.

대충 웃어넘기지 않으려 노력해요.

제 스스로가 냉정하다고 느껴지기도 했고

의심도 걱정도 많았어요.

하지만 자꾸 상처 주는 사람을
곁에 두지 않겠다고 결심하는 건

결국 제가 용기를 내야하는 문제였어요.

# 만나보기 전엔 아무도 몰라

지금도 가끔씩 오리가 떠올라요.

새로운 사람을 만날 때,

가끔은 그때 그 순간이 겹쳐 보이기도 해요.

그래서 도망치기도 했어요.

또 같은 마음고생,

또 같은 오해,

또 같은 끝맺음이 되리라는 걸

시작도 전에 이미 알 것 같았거든요.

굳이 아프지 않은 관계도 많아

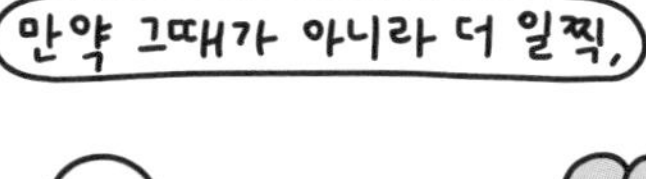

처음 상처받았던 그 순간
말을 꺼냈다면

그랬다면 둘은 지금도
친구일 수 있었을까요?

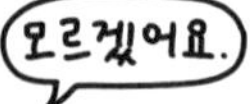

악의 없는 말에 베인 상처라고
안 아픈 것도, 덜 아픈 것도 아니고,

굳이 아프지 않은 관계도 많으니까요.

그래요.
더 편한 관계에
집중해도 괜찮아요.

그래도 이렇게 오래 기억하는 걸 보면
소중했던 사람인가 봐요.

그랬죠.

# 아무나 만나지 않기

이제는 아무나 만나지 않아요.

사람에게 영향을 많이 받는 제가
저를 위해 내린 선택이에요.

저를 향한 안 좋은 감정이 느껴지는 사람도,

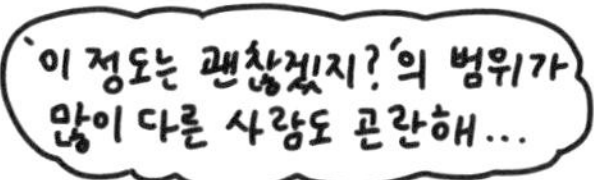

상식과 기준이 많이 달라서
의도치 않게 서로에게 상처를 내는 사람도,

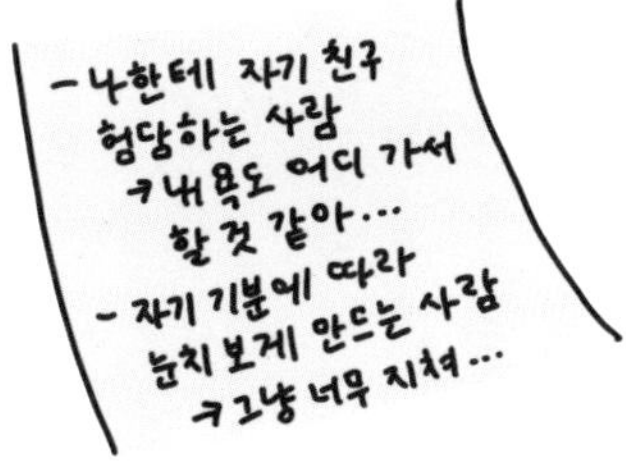


제가 견디지 못하는 점을 가지고 있는 사람도

덜 만나려 노력해요.

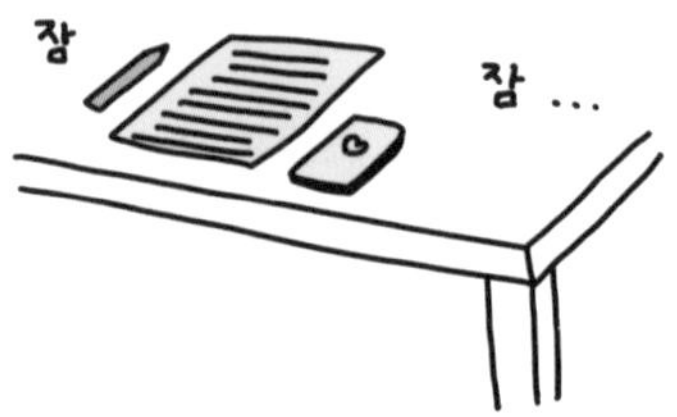


그러고 나니까 조용해졌어요.

주변도, 제 마음도.

친구가 눈에 띄게 줄었어요.

이제는 스크롤 한 번이면 목록이 끝나요!

친구

복슬이

흰털이

우리곰

...

이게 다예요!

이게 맞나 싶기도 했지만,

뜻밖의 좋은 점도 있었어요!

옆에 있는 사람들의 소중함을 새삼
더 크게 느끼게 됐어요.

한 명 한 명이 차지하는 비중이
실제로 늘어났잖아요.

비운 공간만큼

시간이 많아졌고

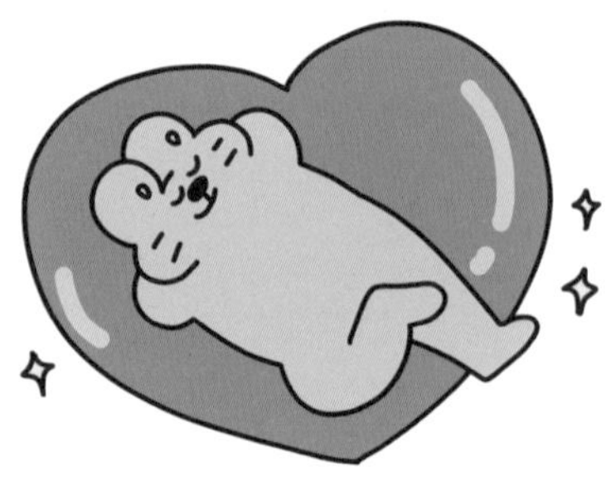

마음에도 여유가 생겼어요.

곁에 있는 존재들에게 고마운 만큼

저도 그들에게 더 많은 시간과 정성을
기울일 수 있게 됐어요.

사람들을 만나면 하도 진이 빠지길래

저는 제가 사교와는
거리가 먼 사람이라 생각했어요.

사교에도 에너지가 쓰이잖아요.

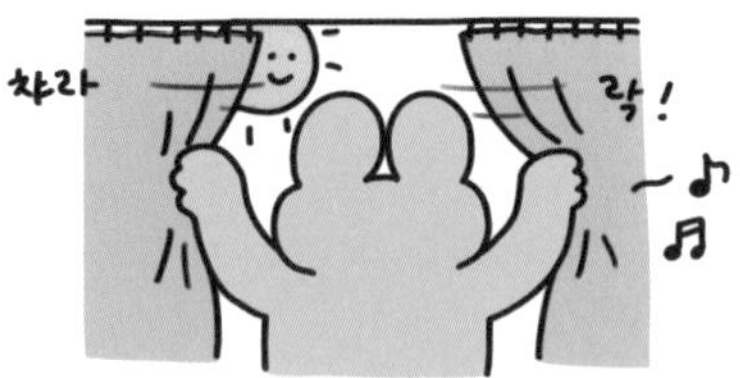


그런데 억지로 만나던 사람들을
덜 만나게 되니까

요새는 약속에 다녀오면

오히려 마음이 충만해지는 거예요!

그간 얼마나 불편한 만남을
꾸역꾸역 가져왔으면

인간관계 = 피곤함이 되어버렸던 걸까 싶고,

아주 어쩌면

제가 꽤 사교적인 사람이었을지도
모르겠다고 생각해요.

# 적당한 거리를 찾아서

인간관계에 명쾌한 답은 없겠지만, 최적의 관계를 만드는 방법은 있다. 바로 적당한 거리를 찾는 것이다. 이는 사람들을 만나고 관계를 맺는 총 빈도를 정하는 일이기도 하고, 특정 사람들과의 심리적, 물리적 거리를 찾는 일이기도 하다. 힘든 관계는 만남의 빈도를 줄여 평안을 찾을 수 있다. 어쩌면 그렇게 충전된 에너지가 다음 만남에서 좀 더 인내하고 상대를 보듬을 수 있는 여력이 되어 줄지도 모른다.

좋은 관계일수록 일정한 거리 두기를 통해 더 가깝고 돈독한 사이가 될 수 있다. 내가 좋아하는 사람이라고 해서 그가 나와 매사 같은 마음일 것이라 간주하는 건 구속일 뿐이다. 아무리 가까워도 누군가를 나와 동일시하는 착각을 해서는 안 된다. 주는 만큼 받을 거라고, 내 마음을 상대방이 알아줄 거라 믿으며 너무 많이 의지하고 기대하면 관계는 더욱 어려워진다. 한쪽은 실망하고, 한쪽은 숨이 막힌다. 심리적 거리 두기는 가까운 관계일수록 중요하다.

어느 날 무례한 사람이 나타난다면 냅다 도망치는 수밖엔 없다. 모두를 이해할 필요는 없고, '이해하지 않겠다'가 현명한 결정일 때가 있다.

도무지 도망갈 수 없고, 누군가 너무나 힘들게 한다면 이런 정신 승리 방법도 유용하다.

우리가 엮인 순간이 하필 그 사람이 굉장히 힘든 시기였고, 그에게는 타인에게 쓸 수 있는 좋은 에너지가 하나도 없었다고 간주한다. 행복할 때의 나와 졸리고 배고프고 피곤할 때의 내가 얼마나 다른지도 함께 떠올리며 '여유로운 내가 이번에는 좋게 지나가준다'라고 생각하는 것이다.

아무리 가까운 사람일지라도 내가 아닌 사람과 영원히

한 몸처럼 지낼 수는 없다. 우리는 일정 시간 누군가의 무례함을 겪을 수도 있는데, 마음만 먹으면 그 상황에서 벗어날 수 있다. 하지만 그는 그 성격을 안고 평생을 살아야 한다. 1분 1초도 벗어나지 못한다. 이런 그의 앞날을 동정하는 것도 하나의 방법이 될 수 있다.

인간관계에 휘둘리다 보면 중심을 잃고 넘어지는데, 이 고통은 여기서 그치지 않는다. 힘들고 아픈 나는 결국 주변 인간관계를 그르치고 상대방까지도 힘들게 한다. 건강한 관계는 숨차게 쫓기는 상태에서는 절대 만들어지지 않기 때문이다. 누구에게나 숨을 가다듬을 공간이 필요하다. 그곳에서 타인이 주는 자극을 스스로 해소할 수 있는 시간을 가져야 한다.

적당한 거리를 찾아 때로는 혼자가 될 수 있는 사람이 되려 노력한다. 나뿐만 아니라 내가 소중하게 생각하는 관계를 지키기 위해서.

# 4장 결국 나를 살게 하는 건 내 사람들

찾았다, 내 편! ♥

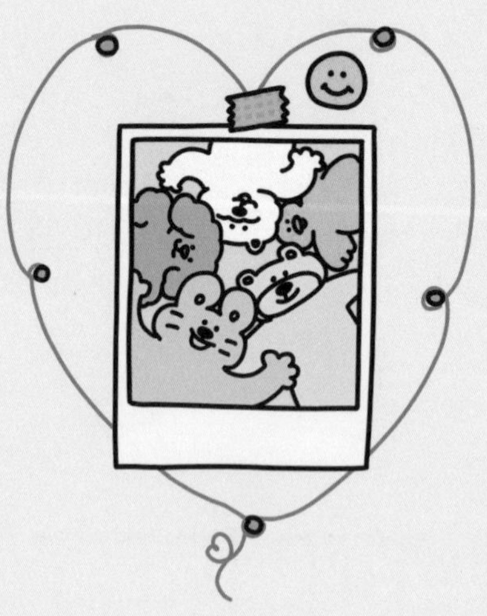

좋은 사람들을 곁에 두는 것도,

나를 힘들게 하는 사람들과 거리를 두는 것도,

상처 주는 말이나 행동에
휘둘리지 않으려 애쓰는 것도,

그릇이 큰 사람이 되어

주변에 베푸는 것도

결국 모두 저를 위한 거였어요.

나를 편안하게 하는 선택은
나만 할 수 있어요.
정말
그랬어요.

제 중심이 서야 평안도 행복도
가능한 건 알겠어요.

하지만 행복을 가만히 뜯어보면

제가 채우는 부분보다

주변 사람 한 명 한 명이
기여하는 부분이 훨씬 큰 것 같아요.

말하자면 제 작은 결심과 선택이

소중한 인연들 덕분에

말도 안 되게 커다란 행복으로 돌아온달까요.

내가 해낸 것 같은 일들,
내 선택이라 생각하는 것들도
따지고 보면 주변 존재들의
영향인 경우가 많죠.

그들이 제 삶에 주는 힘은

도무지 제 스스로는
해낼 수 없을만큼 커요.

마음이 통하는 사람을 만나고 오면

제 것이 아니었던 무언가가

저도 모르는 사이에 생겨 있어요.

어느 틈에 남겨진 이 작은 조각은

오래오래 영향을 줘요.

몽글몽글한 동기 부여가 되기도 하고,

든든한 버팀목이 되기도 해요.

이렇게 되새길 수 있는 만남 하나면

지인 열 명, 모임 스무 개도 부럽지 않아요.

# 내가 제일 잘한 일

아무래도 제가 제일 잘한 일은
친구를 만들어둔 일인가 봐요!

좋은 일이 있었나 보네요?
~♪

어렸을 적 친구를
오랜만에 만났거든요!

매일 얘기하는데도 더 얘기할 시간이 필요하고

함께일 때면 웃을 일이 너무나도 많았죠.

그후로 오랜 시간이 지났는데도

그때와 다를 게 하나도 없었어요.

그날 저희는 서로의 새로운 이야기를
가장 오랜 친구의 모습으로 공감해주었어요.

좋은 친구를 만들어 둔 것만으로도
과거의 내가 지금의 나를 위해
할 수 있는 걸 다 했구나...!

정말 잘했구나.
행복해...

시간은 힘이 센가 봐요.

연락 없이 지낸 기간이 좀 길더라도

그게 아무 의미 없는 공백은 아닌 것 같아요.

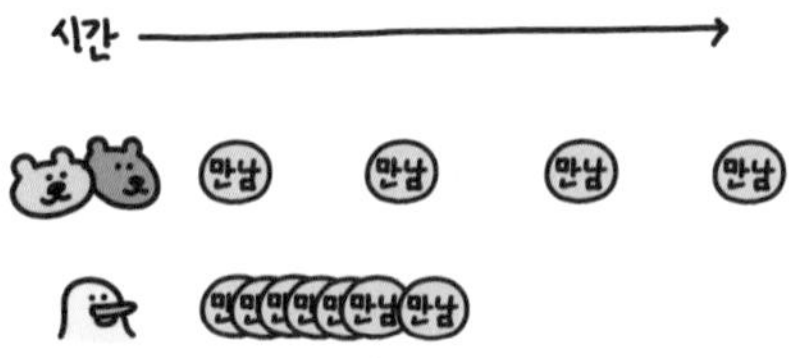


알고 지낸 시간이 길다는 것만으로도
관계에 깊이가 생겨요.

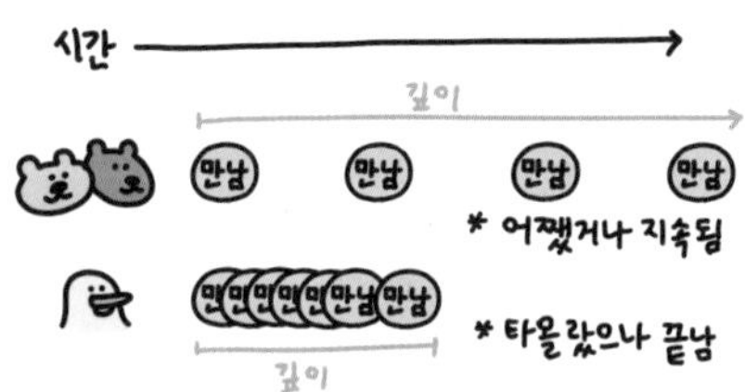


결국에는 '관계가 얼마나 지속되느냐'가
관건인 것 같아요.

요즘 만나는 얼굴들을 떠올려요.

앞으로의 우리가 기대되거든요.

# 갈수록 선명하고 소중해지는 것

응원할 일도

축하할 일도

힘든 일도 생겨요.

누군가의 마음을 한 번에 아는건 참 어려워요.

하지만 시간이 지나고 여러 사건을 겪다 보면

진심은 비로소 모습을 드러내요.

갈수록 더 선명해져요.

어떤 마음은 빛을 잃지만

소중한 건 더욱 소중해져요.

# 당연하지 않으니까 더 고마워

저한테는 당연한 듯
만날 약속을 잡을 수 있는 친구가 있어요.

당연한 듯 고민을 나누는 친구도

가장 기쁜 순간에 당연한 듯 떠오르는 친구도

SNS 맛집 포스팅에 당연한 듯
태그할 수 있는 친구도 있어요.

하루의 시작과 끝을 당연하게
함께하는 존재도 있죠.

그 하나하나가 사실은 고맙고 소중한,

흔치만은 않은 사건이란 걸 알아요.

그럼에도 마치 당연한 것처럼 함께할 수 있어서

문득 기쁘고 행복해요.

부족함이 없어요.

함께라면 우리는 천하무적!

누군가 저를 구제해주기를
기다리는 건 아니에요.

그들의 인생도 제것과 다름없이 연약하고

누구나 저처럼 무서울 테니까요.

우리 하나하나는 위태롭기 짝이 없지만,

서로서로 지탱해주고 있어요.

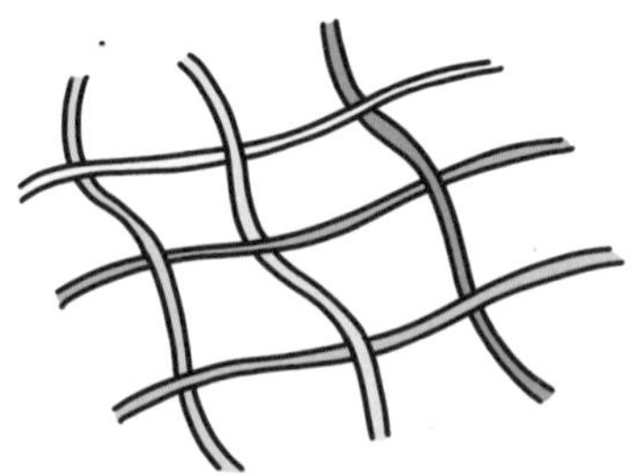

씨실과 날실이 되어
서로를 조금씩 탄탄하게 만들어줘요.

촘촘한 믿는 구석 덕분에

예측 불가능한 이 세상을
조금이나마 의연한 자세로 맞이할 수 있어요.

우리는 뭉치면 천하무적이에요.

# 다시 선택한대도 너

인간관계에 능하지는 않지만
인복이 많은가 봐요.

다시 선택할 수 있대도
너의 ____가 될 거야.

이 문장을 보고
떠오르는 사람들이
많거든요.

서로에게 상처를 줄 수 있다는 걸 알아도

때로는 추억 속에 묻는 관계가
될거란 걸 모두 안대도

모든 걸 알고
다시 선택할수 있대도
너의 인연이 될 거야.

그 시절 그 사람의 친구가, 연인이,
언니가, 동생이, 딸이 되고 싶어요.

인생의 중요한 길목마다

그런 후회 없는 관계를 자주 마주했으니

하늘에 감사해야겠죠.

어느 인생이라고 좋기만 하겠어요.

누구나 힘이 들 때가,

도움이 필요할 때가 있죠.

하지만 그 모든 순간에
주변을 둘러보면

사람들이 있을 거예요.

때로는 그들이 나를 잡아줄 테고

또 그들이 힘들 땐
내가 이끌어줄 거예요.

네...

힘들 땐 쉬어가세요.

우리가 받쳐줄 거예요.
두둥실~

# 행복은 '우리'에 있다

행복에 대한 다양한 연구를 분석한 서은국의 책《행복의 기원》은 행복을 사진 한 장으로 표현하며 끝이 난다. 바로 좋아하는 사람과 함께 맛있는 음식을 먹는 장면이다. 우리가 가장 즐거워하는 것은 결국 두 가지, 음식과 사람이라는 것이다. 나는 즐거운 식사 자리에 있을 때 종종 이 결론이 떠오른다. 더없이 충분하다고 느끼는 그 마음에는 한 치의 거짓도 없기 때문이다.

인간관계가 주는 행복이 너무 분명하기 때문에, 우리는 사람으로 인해 상처받고 고민하면서도 다시 용감하게 관계를 맺는다. 노력이 수포로 돌아갈 수도 있고, 때로는 마음고생에 뜬눈으로 밤을 지새우게 될 수도 있지만 그런 위험을 안고 또 다시 사람을 만난다. 평생 숙제로 여길지

언정 사람 없는 삶을 택하지는 않는다. 행복은 좋은 관계에 있다는 걸 우리 모두 경험적으로 알고 있기 때문일지도 모르겠다.

행복만 주는 관계란 아마 없을 것이다. 모든 관계에는 슬픔과 고독이 그림자처럼 딸려온다. 하지만 맞지 않는 옷 같았던 관계를 정리하고, 내게 남은 관계들에도 알맞은 거리를 찾으려 노력하고 있는 요즘, 관계에서 만족감을 느끼는 빈도가 늘고 있다. 그럴 때의 충만한 마음은 지금까지의 그 어떤 소비에서도, 어떤 성취에서도 느껴본 적이 없다. 관계를 맺은 것이 내가 한 일 중 가장 잘한 일이 되어버린다.

여전히, 그리고 앞으로도 내 삶에 내 행복과 평안보다 중요한 건 없다. 그럼에도 불구하고 좋은 걸 보았을 때 떠오르는 얼굴이 있다. 좋은 걸 함께 나누고 싶은 마음이 들게끔 하는 사람들이 있다. 이 사람들과 가장 좋은 걸 나누며 살아가고 싶다.

에필로그

불안한 순간도

의심이 드는 순간도 찾아오겠죠.

그때마다

나는 내 안을 들여다봐요.

나를 가장 잘 아는 사람이자

내 편이 되어줄 첫 번째 사람은

'나'라는 걸 알거든요.

인간관계에 대한 콘텐츠를 만들 때마다 마음이 개운치 않습니다. 혹시나 가까운 사람들이나 지인들이 제가 선을 긋는다고 느낄까 봐, 혹은 어떤 부분에서는 서운해할까 봐 걱정되거든요. 이런 고민을 털어놓았을 때 '네가 뭘 걱정해. 인간관계로 힘들어하는 순간에 내가 몰랐다는 게 친구로서 오히려 미안하지'라고 말해준 사람, 이 책을 쓰는 동안에도 곳곳에서 뜻밖의 감동을 준 사람들 덕분에 책을 완성할 수 있었어요. 제 평안은 이 세상 많은 존재들의 축복과 희생에 빚지고 있다는 걸 알고 있습니다.

이기심과 욕심이 때때로 발목을 잡겠지만, 빚을 갚는 마음으로 살아가려 합니다. 내 중심을 잘 잡고 주변과 더 많이 나눌 수 있다면 그 삶은 더없이 행복할 것 같거든요. 이 책을 읽은 분들 역시 자신의 중심과 주변, 그리고 행복을 잘 가꿀 수 있기를 기원합니다. 그렇게 세상에 아름다운 정원이 많이 생기기를 바랍니다.

**좋은 사람들 틈에서 언제나 행복하게**

## 찾았다, 내 편

**초판 1쇄 발행** 2022년 2월 23일
**초판 4쇄 발행** 2023년 1월 27일

**지은이** 지수
**펴낸이** 김선식

**경영총괄** 김은영
**편집인** 박경순
**책임편집** 문해림
**마케팅본부장** 권장규 **마케팅3팀** 권오권, 배한진
**미디어홍보본부장** 정명찬
**브랜드관리팀** 안지혜, 오수미
**뉴미디어팀** 김민정, 홍수경, 서가을
**크리에이티브팀** 임유나, 박지수, 김화정
**디자인파트** 김은지, 이소영
**유튜브파트** 송현석
**재무관리팀** 하미선, 윤이경, 김재경, 안혜선, 이보람
**인사총무팀** 강미숙, 김혜진, 지석배
**제자관리팀** 박상민, 최완규, 이지우, 김소영, 김진경, 양지환
**물류관리팀** 김형기, 김선진, 한유현, 전태환, 전태연, 양문현, 최창우
**외부스태프** 디자인 강경신

**펴낸곳** 다산북스 **출판등록** 2005년 12월 23일 제313-2005-00277호
**주소** 경기도 파주시 회동길 490
**전화번호** 02-704-1724
**이메일** kspark@dasanimprint.com
**홈페이지** www.dasan.group
**인쇄·제본** 한영문화사 **코팅·후가공** 평창피앤지 **종이** 한솔피엔에스
**ISBN** 979-11-306-8037-8 03810

• 유영은 (주)다산북스의 임프린트입니다.
• 책값은 뒤표지에 있습니다.
• 파본은 구입하신 서점에서 교환해드립니다.